섬들이 놀다

섬들이 놀다

장 대 송 시 집

창비

차 례

제1부

새의 영혼

새벽 방송을 위해 방송국 건물로 들어설 때 새의 주검
을 보았다
푸른 새벽빛이 반사된 유리창, 어떤 나라이기에 영혼
을 날려보냈을까
영혼을 내보낸 새의 몸은 새벽이다
삶의 울타리를 벗어나면 새의 몸으로 들어갈 수 있을
까
아침이 되기 전 새의 몸속에 있고 싶다

여름날 정오

마루에 걸터앉아 졸고 있다
마당 건너 대밭이 무성해져가는 게 보인다
대밭에서 모기 한마리가 나를 향해 날아온다
날갯짓 소리가 오래 전 졸면서 듣던 라디오 연속극 '김
삿갓 방랑기'처럼 들린다
알록점이 박힌 모기가 박새만하다
점점 가까이 날아들수록 피할 수 없다
이마를 뜯기다

이상하다

황조롱이 1

진눈깨비가 빌딩 벽에 흐르는 기류를 타고 하늘로 솟
구쳤다
  황조롱이가 치솟는 눈발을 헤치며 아래로 내리꽂혔다
  도화동 소공원에서 모이를 쪼고 있는 비둘기를 낚아챈
황조롱이가 솟구치는 눈발을 따라 유유히 사라진다
  비둘기가 사라진 공원, 나뭇가지에 매달린 눈발들이
질투처럼 빛났다

  공원에서 밤을 새운 행려자가 두리번거린다

  고층건물 송신탑에 둥지를 튼 황조롱이, 그가 탄 전파
는 단파일까 중파일까
  기류를 타고 온 전파가 성층권에서 날아온 철새라면,
황조롱이의 시간은 공간이겠지
  황조롱이가 사라진 하늘을 배회하던 시간들, 거미줄에
매달린 이슬처럼 날카롭다

세계의 시각

뉴스 보드 위 디지털 시계의 Time LED. 현재 표식은 파리 04:44, 뉴욕 04:44, 북경 04:44, 바그다드 04:44, 고장 난 시간, 모든 시간은 같다 — 공기의 시간. 동일한 시각 속에 갇힌 내 손목은 04:44. 밤새 벌어진 일들이 04:44 속에서 무마되고 있다 — 산소 부족. 06:00 뉴스는 없다. 사람들의 손목을 묶은 시간만이 견고하다.

상유(尙遊)

멀리 내다보니 산들이 겹겹이 서 있다
계곡 사이에
계단식 논이, 논가에는 집이 두 채 있다
먼저 지나쳐온 골짜기들보다 푸근하다
오늘따라 골짜기 한가운데로 해가 지고 있다
눈을 감아야 할 것 같다

휴일

자장면 그릇을 씌운 비닐랩이 팽팽하다
수평선이다
단무지 그릇은 수평선이 답답하다
그릇 속의 단무지는 행복하다
랩 한가운데에 면도칼을 댄다

11층 아파트
빗소리를 듣기 위해 베란다에 가져다놓은 양철판 위로
비가 떨어지기 시작한다

방송을 마친 모니터에서 빗소리가 난다
빗방울들이 물고기처럼 파닥거린다
모니터에 면도칼을 댄다

가판신문

퇴근길에 광화문 우체국을 끼고 피턴하다 보면 동아일
보사가 한품이다
늑늑한 어둠속에서 다른 한켠의 어둠으로 서서 또 다
른 한켠의 어둠을 품은 채 자신의 기사를 확인하는 기자
들, 죽은 기형도들 생각하면서 그 어둠들을 받아들인다

오늘 나는 타국에서 사람답게 죽은 한 청년에 대해 방
송하면서
왜 저리들 난리일까
식민지 국가의 장한 아들이 일본까지 가서 목숨을 던
진 게 기특해서?
가족 이력에 강제 징용까지 있어서?
그런 불온한 의심을 품었다

왜 불온한 음모를 꿈꾸는 것이 습관이 되었을까
언론개혁도 불온한 음모일까

죽음의 기운들, 나를 향해 꾸미는 음모도 그렇게 불온
할까

신새벽 동부간선도로에서 내 차를 추월하던 장의차는
지금 어디쯤에 정차해 있을까

강어부네 집

강에 나간 어부네 집 푸른 함석지붕에 눈이 소복하다

할멈과 손주가 싸워대는 소리에 내리던 눈들이 놀라 공중으로 튀어오른다

싸우다 지친 할멈이 마루로 나와 쌈지에 넣어두었던 양귀비 열매를 씹는다

광란 일어났던 아랫배가 따스해져간다

함석지붕 쌓인 눈이 녹아내린다

배롱꽃 핀 고향길

약오른 나뭇잎들이 플라스틱처럼 딱딱해져가는 늦여름 오후, 시절피우며 고향 간다

길은 엎드려 졸고 길가 절개지에는 신기 빠진 무당 입술에 덧칠해놓은 삐니 같은 어린 배롱꽃들이 시들고 있다

삶, 망가뜨려놓고 그 위에 똥을 쌀 때 느끼는 기분으로 사는 것, 그렇게 고향 간다

구두 수선용 송곳에 찔리고 싶다

바람아래*

마른 오동을 달고
스산히 겨울을 나고 있는 개오동 아래
어깨선이 가늘게 안굽인 여인네가 마른눈을 밟고 누군
가를 기다리다

바람아래에서 염전 노을을 지고 온 염부가 낮술을 한
다

바람아래 사구에 바람이 분다
모래언덕의 마른눈들은 몸에 바람무늬를 새긴다

곱낀 입천장을 혀로 쓸다
사구를 바라보는 눈빛이 점점 짜다

여인의 마른눈 속으로 염전 노을 지다

* 충남 태안 안면도 고향 바닷가 작은 포구가 있는 마을의 지명.

18

세월초등학교

가까운 양평을 기웃거리다가 세월리 세월초등학교 앞
이었다
교문에는 여름방학 과제로 아이들의 미래 자화상이 걸
려 있다
크레파스로 드로잉된 엉성한 자화상들, 비닐코팅은 견
고하다
학교 앞 세월점포에서 하드를 사들고 나온 노인과 소
녀가
코팅된 저 엉성한 세월 속으로 시절피우며 걸어들어가
고 있다

일식과 흰뼈

일식이 벌어지는 날 몸속의 뼈들이 살을 걷어 털어낸
다

날카로워진 뼈, 해를 가린 달을 찌르고 있다

뼈들이 끓는 물 속에 들어가 하얗게 탈색한다

망사처럼 얇아진 뼈에는 잔구멍이 숭숭하다

뼛속 작은 구멍에서 태양풍이 일기 시작한다

삶의 가벼움에 짓눌렸던 뼈들이 날아갔다

저녁 강
후인(後寅)에게

밤섬에는 연금술사가 살고 있다
금빛으로 물든 강 그 가운데로 물길이 나고 그 길에서
서성이는 사람이 있다

어둠이 강 끝에서 시작되는 줄만 알았는데, 강을 바라
보는 가슴에서 시작되어 강을 덮고 있다

비 오는 날 강 가운데로 냇물이 흐르고 있다
물길 위를 서성이던 사람이 비 맞으며 내를 건너고 있
다

힘이 부치겠다

제2부

사자들의 저녁 식탁

썩은 달이 몸을 가두고 있다
썩으면서 마르는 개복숭아에 붙어 진액을 빨던 벌레가
떨어졌다
평상에서 버러지처럼 누워 낮잠에 들다

몸을 쪼아먹을 새는 어디서 날아오고 있을까
바람이 와서 왜장쳐 몸과 혼을 분리해놓다

사자(死者)들의 저녁, 먼지나 앉을 만한 조용한 식탁에
몸이 올려졌다
가지런히 눕혀진 몸, 몸에 난 상처들, 흉터가 있는 고기
처럼 누구도 건드리지 않았다

바람 부는 포구 다다미 여인숙 구석방에 남겨진 혼, 밤
새 쏟아지는 빗소리를 빼놓지 않고 듣는다
빗소리에 혼은 사막화되고 있다
비 그치면 비에 팬 혼이 종유석처럼 솟구쳤다가 부서

져내리겠지

사자들은 마음의 상처를 혼에 먹인다
상처가 혼을 살렸다

계단, 봄 라이브 무대

내 몸을 고여놓을 돌은

점심을 먹으러 가기 위해 승강기를 기다리는
완장 찬 선배와 갑갑한 인사를 하고 17층 계단을 올라
간다
한손에는 60분짜리 마스터 테잎, 씨그널 테잎, 광고 테
잎
다른 한손에는 음반박스, 그리고 큐시트
원고는 겨드랑이에 끼고
작가와 나는 17층 스튜디오로 가는 계단을 오르고 있
다
"오늘 출연은 누구지?"
"사랑과 평화요. 라이브도 한곡 있어요."
"스튜디오 쎄팅을 다시 해야겠네."
"커피는 드셨어요? 뽑아올까요?"
작가는 오르던 계단을 다시 내려가고
낮술 먹고 한숨 자고 일어나

새벽인지 저녁인지 구분 못하기 참 좋은 날씨라는 상
상을 하며 창밖을 본다
계단이 비어 있다
에라, 목을 가다듬고 노래를 불러본다
좁은 폭에 높은 천장, 공명이 만들어져 목소리의 윤기
가 번지르르해졌다
리버버를 10 이상으로 조작했을 때처럼 풍성해지는 에
코, 목소리가 낯설다
창밖에는 고가도로로 올라가는 2번 버스가 빈차이고
마포대교를 막 건넌 77번 버스가 빈차다
세상이 온통 비어 있는 것 같다
봄은 빈틈을 찾아오는 것 같다
과적차량 검문소 앞에서 호루라기 소리가 들린다
새로 온 공익근무요원이 차렷을 하고 호루라기 부는
연습을 하고 있다

봄은 돼지 콜레라에 걸린 돼지다.

나는 어떤 폐기물일까

소주병을 들고 죽으러 간 적이 있다 될 수 있으면 한강이 보이지 않는 벼랑에서 죽을 각오로 떨어져 죽을 벼랑 위 바위를 쳐다보고 있었다 그때 중년 신사가 나타나 담배를 물고 바위 이곳저곳을 살폈다 같은 처지라 여겨 소주를 권하며 왜 벼랑 위를 쳐다보느냐고 물었다 중구청에서 나왔는데, 봄이 되면 낙석 위험이 있어 바위를 어떻게 처리할까 고민이라고 했다 산을 내려와서까지 날이 새도록 술을 마셨다 남산에 죽으러 갔다는 얘기는 하지 않았다

언젠가 죽겠지만 그렇다고 죽음을 포기한 적이 없다 친구가 가스레인지를 가지고 왔다 사용하고 있는 것보다 더 멀쩡하지는 않다 폐기물 처리비용 때문에 가져온 것이라고 여기는 내 표정 때문인지 겸연쩍게 다용도실에 넣겠다며 설쳐댔다 가스레인지를 넣고 문을 닫으려는데 잘 닫히질 않는다 도시가스 밸브에 혁대 두 개를 엮어 매달아놓은 게 문틈에 끼였다 그는 말없이 문 앞 의자에 올라가 혁대를 떨어뜨리고 문을 닫아버렸다

두 개의 해

시계(視界)가 잘린 아파트 능선에 겨울해가 떠오른다

이중유리창에 흐린 해가 겨울해를 따라 떠오르고 있다

겨울해의 여린 빛이 만들어낸 흐린 해, 한걸음 물러서
서 서로 견제하며 움직인다

두 개의 해를 자유롭게 날아다니는 상상을 해본다

종교와 인간, 현실과 허상, 어둠에 익숙한 나…… 아침
이 시작되자 색깔과 명암이 너무 선명해

겨울해가 떠오르는 곳에서 한마리 새가 흐린 해를 향
해 날아들고 있다

새가 날아들자 유리창 속의 흐린 해가 사라졌다

빛 없는 해, 이중창 속에 갇혔다

다시 태어나면 테러리스트가 되고 싶다

애비는 축축한 불빛이다
일정한 거리를 두고 나를 따라다니는 불빛이다
그는 생전 듣지 못한 곡을 늘 부른다
어디서 그 노래들을 배우는 것일까
애비가 부르는 노래가 흔들린다
애비의 몸도 비틀댄다

몸이 흔들린다
정신이 흔들린다
흔들리다 일치되는 순간 나는 작물이다
어디에서 나왔고 어디로 가는 것일까
애비는 나를 들고 밤거리를 헤매고 있다

인수제 할머니

1

다 늙어 막내아들을 출산하고 무병이 들자 남편과 자식들에 내몰려 우이동 김도연 묘지기가 살던 집으로 들어갔다. 이른 새벽이면 대동약수터에서 몸을 씻은 후 재를 올렸다. 재를 올릴 때의 환영은 병자호란, 여진족들은 말을 몰고 마들을 지나 흥인지문(興仁之門)으로 달렸고, 대동문을 지키던 군사는 구경만 하고 있었다.

굿 없는 세월, 두부를 만들어 팔았다. 진달래 능선의 진달래들은 인수제(仁壽濟) 할머니가 굿에서 손을 뗀 뒤 붉은 꽃을 피워 판을 벌였고, 영문도 모르는 채 사람들은 구름처럼 몰려들었다. 할머니가 빚은 밀주는 사람들의 혈관 속으로 들어갔고, 그들은 점차 계절과는 상관없이 인수제를 찾았고, 묘지의 개나리 울타리 개나리꿀은 가을에도 좋아라 시절을 피웠다. 능선 아래 이기붕 별장의 개호도나무는 심심한지 호도알을 굴렸다.

2

1999년 정월, 칼바위 능선에서 중년 신사가 죽었다. 자살이었다. 부인과 자식들에게는 출근을 한다고 집을 나왔지만, 1년이 넘게 출근한 직장은 칼바위 능선과 포대능선, 그리고 진달래능선이었다. 할머니는 중년의 주검 앞에서 밀주를 마셨고, 비좁은 인수제에는 할머니를 내몬 아들 셋과 딸 둘, 사위가 들어와 함께 살았다. 그들은 밀주의 품목에 동동주를 끼워넣었고, 음식의 가짓수는 하나둘씩 늘어갔다. 동동주에 뜬 밥알들은 할머니의 무병처럼 삭혀져갔다. 마들 한구석에 멍청하게 서 있는 내 전셋집은 겨우내 경매중이었다.

인수제의 두부맛은 점점 변해갔다. 할머니의 신기도 사람들이 인사를 하면 알아보지도 못하면서 아는 척하는 것처럼 사라져갔다. 신기 대신 술을 팔아 번 돈의 분배를

놓고 자식들은 서로 눈치를 보았다. 그러나 계곡 아래 이
기붕 별장은 사람들이 붐볐고, 아카데미하우스에서는
연일 환갑잔치와 결혼식이 벌어졌고, 새로 단장한 4·19
국립묘지에는 공익근무요원들이 애완견의 출입을 막기
위해 어슬렁거렸고, 4년생 통일연수원은 이름을 세번씩
바꾸고도 다른 이름을 기다리고 있었다. 인수제 앞 굴참
나무 줄기에는 겨우살이나무가 까치둥지 같은 집을 지
었다.

3

엊저녁 인수제에서 내려오는 길에 불법 유턴을 하다
마을 버스에 뒷문을 슬쩍 받혔다. 받힌 곳이 틀어져 문이
열리지 않았다. 정비소에 차를 맡기고 돌아오는 길에 버
스에 탔던 사람들 중에 인상이 좋지 않은, 그래서 기억이
생생한 중년 여자가 손목이 좋지 않으니 만나자고 했다.
그날 인수제 할머니가 빚은 밀주에 취한 청년 둘은 비탈

길에서 몸을 거꾸로 둔 채 잠들어 있었다.

4

오늘 오후, 16층 화장실에서 담배를 물고 마포대교를 본다. 빗각으로 열린 창의 차들은 사선으로 달리고, 창틈의 차들은 온전히 기어간다. 사선으로 달리는 차들과 온전히 기어가는 차량이 서로 부딪칠 때 사선으로 달리던 차가 온전히 기어가는 차 속으로 일순간 사라졌다가 나타났다. 그런 와중에 임창렬 경기지사 부부의 뇌물수수 기사는 신창원 검거 기사에 밀려 사선 속으로 사라졌다.

인수제 할머니는 죽었다, 자신이 무녀라는 것을 모르는 사람들을 남겨둔 채. 한판 굿으로 잡아야 할 동티는 국립공원 내에서 낡아져가는 인수제일 것이다. 그날 밤 석관동 큰무당의 은퇴식은 텔레비전 화면을 흔들었고, 지금 인수제 할머니는 중랑천이 숨어 흐르는 어두운 창

속에서 김도연 묘지 울타리의 개나리가 시절을 피우듯
배시시 웃고 있다.

여름이 지나간 자리

　여름은 가고 가을은 아직 저 언덕 절개지를 서성거리
는데, 빈자리가 크다

　전주 시외버스 터미널 앞 도로 연석선에 앉은 종림 스
님과 승룡이가 '더위사냥'을 한다

　한손에는 담배를 다른 한손으로는 '더위사냥'을 먹고
있는데, 시간의 빈자리가 크다

　밭벼밭을 지나 절개지 은억새 위로 내려앉은 햇살이
'더위사냥'을 하는 얼굴을 스친다

　순간, 커다랗게 만들어지는 빈자리, 그 자리를 가득 채
우는 허공

초안산*의 그늘

둑*이 되어 있었다, 빈 광주리를 머리에 이고 녹천을
건너 초안산(楚雁山) 아래 삼태기 속 같은 마을로 시집오
던 날 밤 — 달빛에 연둣빛 산수국이 환하자 초안산에 묻
혔던 내시들은 유충들이 포충낭을 도망치듯 무덤을 빠져
나왔고, 그들은 꽃사슴처럼 녹천으로 뛰어가서는 목을
축였다 수락산 능선을 타고온 비에 하얀 모시옷 속 여인
의 몸은 젖었는데, 박을 칼로 도려놓은 듯한 눈, 그들을
피할 수 없었다 — 천번도 더 꾼 태몽을 기억한 채.

* 내시들의 집단 무덤이 있다는 중랑천 녹천역 인근의 야산.
* 집짐승들이 수정 시기를 여러번 놓쳐 수태를 못하게 된 경우.

누이의 광대뼈

봄날
가을바람같이 생겨먹은
바람을 맞고 있는
누이의 가는 광대뼈를 보면
바람이 생겨나고
떠돌다 온 바람이
다시 사라지는 곳이
저 골짜기라고 말하고 싶다

바다에 버려진 나무토막이
모래사장으로 떠밀려와서도
갯물을 먹은 그 몸이 좀체 마르지 않듯이
광대뼈, 저 광대뼈는
어떤 하세월을 품고 있어서, 오늘

병원을 나서며
허한 제 몸 하나 간수 못하면서도

고아원으로 들어가 일하겠다 할까

저 그리움은
허기진 사람들의 눈길이
얼마나 스쳐가야
광대뼈를 말릴 수 있을까

단동불망(丹東不望)

　강가에는 빨래하는 아낙, 바로 앞에서 대여섯살배기 아이들 잘피밭을 첨벙대며 뛰놀고 있다

　강둑엔 낚싯대를 드리운 사내, 그저 서성이는 사내, 체념한 눈빛이 천년은 된 것 같다

　단고기집 창 안에 보이던 사내가 비틀거리며 밖으로 나와 계단과 벽이 붙어 모서리 진 부분에 오줌을 눈다
　몸을 한번 움찔한 후에 고개를 돌려 미루나무 꼭대기로만 표시되는 위화도를 바라다본다

　녹슨 철선 하나, 사내를 배경으로 움직이기 시작한다

고향

그곳을 찾으면 어머니가 친정에 간 것 같다

갯물과 민물이 만나는 곳에 나서 겨울 햇살에 검은 비늘을 털어내는 갈대가 아름다운 곳

갈대들이 조금에 뜬 달 아래서 외가에 간 어머니가 끝내 돌아오지 않을 것이라 말하던 곳

둑을 넘어 농로에 흘러든 물에 고구마를 씻는 아낙의 손, 만지고 싶다

낙지할매

마을 사람들은 낙지할매라고 불렀는데, 아직도 살아
계셨다

갯가 원둑을 비틀거리며 달리는 완행버스 안에서
손잡이에 손목을 끼워 의지하고
뽀얀 먼지가 내려앉은 것같이 바랜 의자에서 졸고 있
는 할매
주름이 물 빠진 천수만 개펄 같다

주름이 많은 탓에 피부가 늘 젖어 있어 웃으면 맹랑하
게 보이는 할매
이녁 집에 갈 때 낙지 한꾸러미를 들고 가서는
술이 건해져야 비틀거리는 낙지걸음으로 북향집으로
향했다

양푼에서 나온 낙지들이 차 안 이리저리 돌아다니고
있다

버스가 수로길 옆을 지날 무렵
한 아주매가 용변이 급하다고 소리칠 때 반사적으로
눈을 떴다 감는 할매
수로 옆 갈대밭에서 용변을 보는 아주매
아주매를 다그쳐 출발하는 차에서 머리를 곧추세우는
낙지와 할매

그런 시간이 아득하다

그래서 뭐라고?

두 발 달린 짐승에게 정붙이지 말라고?
체온이 떨어진다고?
두 발 달린 짐승에게 몸 대지 말라고?
상처투성이가 된다고?

부러진 그림자

달빛에 하얗게 질려 있는 공원을 걸었다
달은 집 앞 소공원에만 뜨면 하얗게 질려 있다
나뭇가지 그림자들이 살을 발라놓은 생선가시처럼 어
지럽다
밟아본다
발 아래 그림자들이 부러지며 소리를 지른다
뼛속에 숨어 있던 소리들도 일제히 소리를 질렀다

제3부

섬들이 놀다

빈 벽에서 먼 바다의 섬들을 보았다
섬들이 놀고 있다
우울했다가 심심했다가 깔깔대다가 눈물 흘리다가
사는 게 노는 것이라고 했다
집이 되었다가 용이 되었다가 상여가 되었다가 구름이
되었다가 바람이 되었다가
즐겁게 노는 게 곧 비가 오려나보다
비 오면 떠날 듯한 사람이 그립다

해질녘의 월문리

갈 길도 먼데, 짧은 저녁빛이 만들어대는 빛의 공간이
길을 더 멀게 한다
저녁빛의 시간을 틈타 살다 갈 순 없을까
저녁빛에 시절을 피우는 사람의 마음빛이 씁쓸하다
땅과 하늘이 갈리는 경계에서 바람이 분다
바람은 갈 곳 없이 가라앉는 몸속으로 들어와 물기를
말리고 있다

공공근로

풀잎에 진드기가 많이 붙어 있는 게 날이 갤 모양이다

공공근로
나온 사람들이
일산 백마로 주변
잔디밭에서 잡초를 제거하고 있다

얼마나 빠르게 김을 맸던지
자전거를 타고
개를 끌고
백여 미터를 다녀오는 동안
50여 미터도 더 되게 훑어내고 있다

김을 매는
열명 남짓한 무리 중
사내는 단 한명뿐이다
유난히 잔주름이 많아서 나약해 보인다

언제 내비쳤는지 햇살이 반갑다

자전거를
가로수 그늘에
기대어놓고
김매는 이들을 자세히 본다

잡초를 뽑는 사람
잡초를 모아 포대에 담는 사람
풀 같다

철쭉더미가 풀 매는 속도를 줄여놓는다

한참 동안
철쭉더미 속에
풀처럼 엉켜 있던 여인

그새 햇볕에 짜증이 난 모양이다
한 명뿐인 사내에게 핀잔을 준다
쉬운 잔디밭만 매지 말고 어려운 곳도 좀 매라고
사내는 상황을
어찌해야 할지
당황해하다가
슬며시 일어서며
그냥 하려고 했다는 말로 얼버무린다

　오후 햇살에 쭈그리고 앉은 사내의 그림자가 유난히
길어 보였다

눈화장을 하는 여자

1호선 전철에서 젊은 여자가 눈화장을 한다

아이브라우, 지난밤 어떤 몸부림이었기에 흔들리는 차 안에서도 손길이 저리 매끄러울까

얼마나 깊은 밤을 만났기에 아이섀도우를 할 때 깊은 우물을 파는 것일까

아이라인을 하던 손길이 내 그림자를 부른다

그림자가 몸을 떠나려는지 몸이 간지럽다

전동차가 마스카라를 끝낸 여인의 눈 속으로 들어가고 있다

(이번 정차역은 청량리, 청량리역입니다. 내리실 문은 오른쪽입니다.)

해뜰 날

태풍이 휩쓸고 지나간 후에 세상에 남을 것은 무엇인
가

몇해 전 태풍이 올라올 때
친구를 따라나섰던 점촌의 강변 술집 '해뜰 날'
동갑내기 여인네가 있어
오늘 '카이탁'이 서해안을 거슬러 황해로 북상한다는
소식을 들었는데
그 여인네가 자꾸 떠오르는 것일까
어려서는 광산촌을 떠돌고
폐광된 후 든 첩살이도
철들 무렵 팽개치고
술집을 해온 여인네
뭇 사내들의 손에 닳고닳아
거칠기로 치면 겉보리쌀보다 거칠기만 했는데
오늘 태풍을 거슬러내려가
사나운 몸짓을 잠재우고 싶은데

무릎베개를 하고
두서없이 불러줬던 동요 몇소절
틀린 가락에도 흐르던 눈물이 보고 싶은데

태풍이 휩쓸고 지나간 후에 남겨진 것들, 만지고 싶다

이천쌀밥집

　저녁 무렵 방송국 뒤 이층 카스타운에서 내려다보면
빨간 글씨 '이천쌀밥집'
　개오동 가지 아래 출입문이 있는 그 집, 쎌러리맨들이
몰려들다

　느린 눈 걸음 속 도화공원 '해충구제용전격살충기'
　동면에 들지 못한 모기들, 길고 긴 하루를 견뎌낸 하루
살이가 타죽고 있다

　압력밥솥을 빠져나온 한 사내
　문간 옆 개오동에 까치발을 세워 배설한 다음 떠나갔
다

　가을밤을 사람으로 느끼며 나무숲에 둘러싸인 마을을
지난다
　꺼져가는 모닥불에 바람이 스쳐 언뜻언뜻 불빛이 보이
고 시간이 먼지처럼 가라앉는다

박제된 비오리

철새 같은 누이가 살고 있는 철원 폭포가든 오크목 장
식장에는 군납 양주가 가득 차 있다
그 위에 박제된 비오리가 살고 있는데, 먼 곳을 떠돌다
온 어느 행려자가 쉬고 있는 것 같다

구로행 전철에서 빛 바랜 비오리처럼 중년남자가 잠들
어 있다
성에 낀 유리창 너머 입김처럼 배회하던 겨울빛이, 철
로에 반사되어 공중을 떠돈다

비오리의 박제된 시간들, 누가 가져왔을까?
아주 오래된 시간이 들어 있다

황조롱이 2

테트리스를 한다 마포 삼성아파트와 현대아파트 사이
에 생긴 공간을 메우자 건물들이 와르르 무너져내렸다
도원빌딩과 일진빌딩 사이에 길쭉하게 만들어진 공간을
채우려는데 통일건설 노동자와 일진알루미늄 노동자들
이 체불임금 지급과 해고노동자 복직을 외치는 아우성으
로 가득 차 있다 멈칫 컴퓨터 자판기의 포즈 키를 눌렀다
같은 복장에 같은 목소리, 같은 눈빛의 사람들……

다시 자판기 포즈 키를 풀자 어디서 날아왔는지 지친
날갯짓의 황조롱이 길쭉한 공간을 맴돈다 또다시 자판기
포즈 키를 누르자 황조롱이는 황사에 덮인 빌딩 벽에서
나온 상승기류에 몸을 내맡기고 정지비행을 한다 평안하
다 지칠 때마다 저 거대한 건물에 몸을 기대면 편안할까

가을 푸닥거리

날씨가 싸늘해져서 맨홀에서 올라오는 역한 하수구 냄
새가 밤을 채우면 미친놈처럼 술을 먹는다

차고 습한 공기 속에 번지는 그녀의 쉰내가 좋다

입과 몸에서 그녀의 냄새가 날 때까지 마셔댈 것이다

몸의 진액과 정신이 내게서 모조리 빠져나가고 있다

그녀가 신고 다니는 목욕탕 슬리퍼 소리가 들린다

아! 자유롭다

안녕, 새

세상,에 마음을 부벼 허연 돌기가 생겼다
화탄처럼 흩어지는 바람이 되어 풀이 드는 단풍 드는
곳을 쏘다니고 싶다

고속버스터미널 경부선 대합실 분식집 앞 새가 서성인
다
어디에서 무엇을 하다가 왔는지 부리에 흰 돌기가 돋
아났다

관광상품을 파는 가게에서는 물건을 흥정하는 사람의
목소리가 점점 높아간다
저 소리라도 된다면 새가 날아온 곳으로 갈 수 있을 것
같다

높아지는 목소리를 타고 새가 어디론가 날아갈까봐 조
바심이 난다
새는 아무렇지도 않다

―안녕 새, 어디에서 왔니?
새의 눈에서 바람이 새어나오고 있다
―단풍 드는 풀밭에서 왔구나

띠동갑 상훈이의 택시운전

수유전철역에서 낮시간 손님이 없어 경찰이 없는 곳에 차를 세워놓고 쉬다가 마냥 그럴 수도 없고 해서 그냥 차를 몰았어. 얼마 안 가서 어떤 아주머니가 타데. 차를 세우고 보니까 어쩜 그래 하이힐을 신었는데, 거짓말 보태지 않고 굽이 휘어져 있더라구. 그래도 짐이 많길래 내려서 함께 실었지 뭐야. 가오리로 가자고 하대. 50미터쯤 갔나. 그런데 정말 멋진 아가씨가 손을 흔들며 택시를 잡고 있었어. 내리라고 할 수도 없고…… 모르는 길 지시받으면서 찾아갔는데 골목골목, 정말 그런 데 처음이었어. 나올 때는 후진으로 나왔는데. 나오다가 지나는 사람에게 물었더니 개미골목이라고 하대.

나흘째

마포 불교방송 앞에서 혹시 형이 있나 하고 차를 세워놓고 있는데. 형 나이 또래의 사람이 차를 타더군. 바로 유턴하자길래 가든호텔, 형이 잘 가는 곳 홀리데이인 서울. 그 앞에서 유턴을 하고 조금 지나 대농빌딩쯤 좀 못

미쳤는데, 차를 잘못 탔다고 하면서 내리데. 내가 차씨잖아. 요금을 받을 수도 없고 해서 그냥 내려줬지. 나중에 교대시간에 교대차와 커피를 마시면서 그 얘길했더니 그러대. 지하도를 건너기 싫어서 그랬을 거라구.

보름이 지난 후

밤근무 네번째 날이었어. 좋데. 무교동에서 취한 여자 손님을 태웠는데, 왕십리라고 했어. 운전 시작한 지 얼마 안돼서 서울 지리를 잘 모른다고 하고 길을 가르쳐만 주면 평상 요금으로 모시겠다고 했더니, 그런데 이게 웬일이야. 청계고가를 지나고 있는데, 나이를 묻길래, 스물아홉 범띠라고 했지. 뭐라 했는지 알아? 함께 놀아주면 하루 일당 주겠다고 하대. 아무 말 없이 화양리에 내려놓고 다른 손님을 기다리는데, 사내가 타데. 업소에서 일하는 사람 같은데, 나보고 월 얼마나 버느냐고 하대. 그래서 150만원쯤 번다고 했더니 자기는 삐끼라고 하면서 월 800만원은 버니까 함께 일하자고 하대.

운전을 그만둔 후

　—신내동에서 내부순환로를 타고 동덕여대 쪽으로 내려오다가…… 형, 형 차는 정말 좋은 것 같아 속도를 내도 핸들이 떨리질 않아, 택시하고는 정말 달라—진각종 팻말 앞에 중년 신사가 택시를 잡기 위해 손을 흔들고 있다. 상훈이는 자신도 모르게 손님 앞에 차를 세웠다가는 다시 출발한다. 한참 동안 아무 말 없다가는 형, 습관은 참 좋은 거야. 손만 흔들면 세워야 해. 택시 두어 달 하면서 벌어진 일들이 다 습관이지?

제4부

금대(金臺)

내가 살고 있는 15평 공간의 시간들은 용적률을 최대로 높인 산소통의 시간들처럼 언젠가는 폭발할 것이다

금대 너럭바위에서 바라보는 지리산 천왕봉의 능선이 멀게 보이지 않는 것은 그 앞 청봉 때문이라 한다
두 산 사이에 있는 공간, 그 골에는 어떤 시간이 살고 있을까
바위 옆 작은 탑 속의 시간은 서서 잘까
공양간 뒤 양지바른 곳에는 짠지를 담갔던 독이 졸고 있다
묵은 독 속에 사는 푸른곰팡이 낀 습(濕)이 걸어나올 것 같다

뭉뚱한 꼬리로 똬리를 튼 독사 한마리가 이른 아침 젖은 몸을 말리기 위해 너럭바위에서 혀를 날름거렸다
인간의 업은 시간일까 공간일까
독사가 사라진 너럭바위, 노스님이 걸터앉아 젖은 업장을 담배를 피워 말리고 있다

강 같은 세월

오후 무렵에는
한 여자와 남자를 태운 갤로퍼가 와서
메기 매운탕을 먹은 후
강 건너 모래둔치에 서서 한참 몸을 흔들어댄 뒤 떠났다

해질녘 바람이
잠깐 멈춘 사이
자동차 드럼통에 피워놓은 모닥불이 잠시 평온하다

다시 바람이 불고
아까 낮에 갤로퍼가 데리고 왔던 여자와
한 남자를 태운 무쏘가 와서
장어를 먹은 후
갤로퍼가 서 있던 강 건너 모래둔치에 서서 몸을 흔들
어댄다

논에서 흘러든 황톳물이 저녁 강을 금빛으로 물들이고
강물은 세월같이 흐르고 있다

2000년 입동, 2001 입춘

바람 부는 날
광화문 도포에 날리는 은행잎들이
월동을 앞둔 부전나비처럼 분주하다
한국일보 옥상의 뉴스비전, 동면의 기억을 지워버린
화상들이 부산하다
도포에 사뿐히 내려앉았다가
달리는 차의 속력에 일제히 공중으로 날아가는 저 나
비떼들, 불법이다
불법 대출로 골머리를 썩는 은행들, 언제 동면에 들어
갈까
그 잎들은 떨어져 언제 부전나비처럼 날아볼까
도포에 날리는 금속성의 몸부림
의원 불법 대출, 그들은 무리지어 어디로 날아갈까
김우중씨가 동면에 들면 누가 좋을까
인간들은 정말 동면에 들 수 있을까
옆좌석의 후배, 그의 가수면은 실업이다
불법을 따라나선 그 스님은 불법의 속도에 밀려 불법

을 이루다

　동면은 보았을까

　월동에 들어간 저 은행잎들, 어떤 속도에서 동면은 끝
낼 수 있을까

벙어리 할배

황재형 화백을 따라갔던 무건리(無巾里), 이른 봄날 잔
설을 밟으며 다시 찾다

아홉 채의 빈집을 돌며 겨울을 난 벙어리 할배의 얼굴
에 묻은 침묵이 깊다

폐교되어 습지로 변한 초달분교장에는 할배를 놀리던
아이들의 웃음소리가 남아 있다

비탈에 붙은 집들이 녹슨 그네에 매달려 있다

할배를 놀리는 소리에 흘러내리고 있다

저 소리들은 땅이 풀려야 도회지로 간 아이들에게 갈
것이다

벙어리 할배를 보면 알 수 있다, 내 속에서 심란해하는
것들만 번뇌가 아니라 아이들의 웃음소리마저 번뇌라는
것을.

선유도(仙遊島)

밀물을 쫓아왔다 썰물을 따라가지 못한 물고기, 너 숭어
네 속에 가시들은 안녕한가

이 겨울 얼지 못한 물들이 곡을 한다, 당인리 화력발전소 앞 선유도
빙점의 뜨거움으로도 씻지 못해 흐려진 눈
밤을 기다린다, 몸속 잔 가시처럼 날카로운 그믐달로 눈을 찌르기 위해

흐린 눈을 지그시 감은 채, 밤을 새워봐!
당인리 뜨거운 물 속, 거기서도 너는 신선이야!

우연, 자유

    동부간선도로 둔치에 심어놓은 해바라기들은 칠월에
꽃피고 익는다

    보면 볼수록 사내맛을 제대로 아는 여인의 엉덩이, 햇
볕에도 엉덩이를 흔들어댄다

    씨앗을 참 많이 품고 있기도 하지

    차를 몰고 지나면서 저 넓적한 엉덩이를 양손으로 한
번 잡아보겠다는 생각을 한 게 언제부턴지

    그러다가 그러다가 큰 장마에 둔치째 쓸려나가고 말았
다

    건너편 한강으로 향하는 도로에 해바라기 씨앗들이 질
주하고 있다

2002년 늦여름, 벼락시장

너 혹시 아직 그걸 가지고 있니? 형 뭐? 코스닥시장 주식말야. 응, 근데 왜? 잘 들어둬, 곧 정부의 증시 부양책이 한번 정도 있을 거야, 손해 되더라도 그때 조금만 올라도 전부 팔아치워. 형 도대체 왜 그러는 거야, 무슨 일 있는 거야? 별일 아냐, 너도 알다시피 벌써 일본도 그랬잖아, 잘 살펴봐, 그 바닥에서 건실한 기업들은 미리 다 빠져나가고 있는 것 정도는 너도 알 텐데, 그리고 정치권이나 자본가들이 그 시장에서 이미 빼먹을 만큼 다 빼먹었다고 생각되지 않니? 설마 코스닥시장을 폐쇄한다는 것은 아니지? 너 알아서 해, 그게 허무하면 경동시장이든 남대문시장이든 동네 재래시장이든 가봐, 가서 자세히 보면 알 거 아냐, 그런 곳마저도 많은 상점들이 간판을 얼마나 빨리 걸고, 내리고 하는지 보면 알 거 아냐

소나기

소나기가 내리는 밤
소나기는 세번에 걸쳐 내린다는 말이 생각나 회사 뒤
처마에서 잠시 몸을 피했다

첫번째 내린 비가 작은 웅덩이를 만들어놓았다
빗방울들이 성글어지는 게 그만 그칠 모양이다
두번째 내리는 빗방울들이 물에 얼비친 가로등 불빛
속으로 빨려들어가고 있다
따라 들어가고 싶어졌다
불빛으로 들어간 빗방울들은 저마다 물웅덩이에 물방
울을 만들어놓는다
손가락으로 물방울들을 하나씩 터트린다
간격이 길어지고 오금이 저려온다
세번째로 올 소나기가 기다려진다

그러다가
소나기가 모두 그치면 무엇을 해야 할지 생각나지 않는다
막막하다

용두동 피라냐 다방

윤우채에게

하지 하늘에 뜬 달, 달빛에 댓잎 그림자 마당을 쓸자 먼지 하나 쓸리지 않았다*

하지 하늘에 뜬 달, 달빛에 댓잎 그림자 마당을 쓸자 가슴 속 깊숙히 숨어 있던 것들이 되살아났다

용두동 뒷골목 지하 다방 수족관, 누런 물 위에 뜬 달 피라냐는 벽에 걸린 드라이플라워의 그림자가 물결을 쓸자 살육의 습성이 되살아났다

* 금강경 야부서

생강굴 속의 음모

대꽃 핀 계절 사람들은 마을을 버리고 어디론가 떠났
다

누런 대꽃이 핀 대밭에서 파도소리가 들렸다
대밭 가운데 생강굴에 살고 있는 늙은 뱀의 음모가 대
꽃을 피웠다

비 맞은 개오동 꽃처럼 파도소리에 시절을 피우면
내가 알고 있는 한 이 땅에서 적어도 3백년 동안 아무
일도 일어나지 않았다
무슨 일이 일어났다면 내 눈이 상시(上視)이기 때문일
것이다

빈 마을에 내리는 햇살이 파도소리에 흔들린다
저 햇살을 맞으면 몸속에서 대꽃이 필까
그리고 나를 떠날 수 있을까
내 안, 작둣날에도 잘리지 않던 짓이겨져 질긴 볏짚 같

은 것이 되살아나 생강굴을 향해 걸어간다

　생강굴 속에는 뱀이 벗어놓은 허물, 그 해묵은 허물이
있다

콩 고르는 할머니

도하동 페리카나에 가면 안주를 시키지 않아도 된다

손님들이 남겨놓고 간 것들을 모아놓았다 슬그머니 내
놓는다

지난 늦가을부터 메주콩을 고르고 있는데, 아직도 반
마대가 남아 있다

돌밭에서 탈곡을 했는지 콩보다 돌덩이가 더 많다

술꾼들이 떠나갈 즈음, 콩을 고르던 손이 얼굴보다 먼
저 졸고 있다.

단풍 드는 풀밭

어디 먼데서 바람이 불어온다

하늘에 내를 만들며 철새가 날아간다
내를 쳐다보던 풀이 단풍 들었다
풀밭에 선 나도 단풍 든다

단풍 든 풀밭에 송장메뚜기처럼 어둠을 걸치고 바람을
맞는다

바람에 풀이, 어둠이 흔들린다

흔들리지 말아야 어둠이다
흔들리지 말아야 풀이다
흔들려야 할 것은 오직 바람이다

그 어부네 집

이곳도 포구인가
작은 어선 두 척이 고작이다

앞마당이 바다인 원척 그 어부네 집에서 민박을 하다

밤을 갈라놓는 수평선
수평선에 매달린 집어등이 우울하다

옥상 위 빨랫줄에 매달려 말라가는 아구의 표정이 음
란하다
소매가 넓고, 품새가 크고, 헐렁한 바지를 걸친 아구
슬픔과 기쁨이 뒤섞인 새다

밤새 내 속에 잠들지 못한 것들이 새가 되어 웃풍처럼
떠돌다

빈 짐자전거

새벽, 낮달이 뜨는 신새벽
물 속에 감겨서
물 밖에 뜬 달을 보는데
빈 짐자전거를 끌고 마포대교를 건너는 이가 있다

날이 새면 사라지고 말 낮달
마포대교 넘어 흑석동 무덤을 헤치고 떠오르는데

언젠가 언 돌밭길을 걷다 톡 쏘였던 자리가 욱신거려
온다
온몸에 죽음 냄새를 바르고 말쑥한 얼굴로 떠오르는데

차가운 날씨만큼 먼곳을 떠돌다 온 아림, 무덤처럼 뭉
쳐 몸속 이곳저곳을 돌아다닌다

낮달이 뜨는 새벽녘
날이 새면 사라질 커다란 어둠을 짐자전거에 싣고 마
포대교를 건너는 이가 있다

■

해설

섬들이 노닐 참의 빌딩들

정과리

> 두 산 사이에 있는 공간, 그 골에는 어떤 시간이 살고 있을까
> ─「금대(金臺)」

여러 시편들에 흩어져 있는 정보를 종합해보면, 장대 송은, 아니 더 엄격하게 말해, 시집 『섬들이 놀다』의 '화자'는 충남 서산 "천수만"(「낙지할매」)에 있는 "갯물과 민물이 만나는"(「고향」) 갯가에서 태어났다. 고향으로부터 부모의 불화에 대한 기억과 어머니에 대한 그리움(「고향」), 그리고 아버지에 대한 강박관념(「다시 태어나면 테러리스트가 되고 싶다」)을 가지고 서울로 올라왔으며, 동기로는 몸이 아프면서도 "고아원(에서) 일하"는 한 명의 "누

이"(「누이의 광대뼈」)가 있다. 지금은 "11층 아파트"(「휴일」)에서 살고 있으며, 직장은 근처에 "이천쌀밥집"과 "카스타운"(「이천쌀밥집」)이 있고 "삼성아파트와 현대아파트"(「황조롱이 2」), "도화동 소공원"(「황조롱이 1」)이 내려다보이는 마포의 한 방송국 고층이다. 그는 집에서 직장으로 "동부간선도로"(「우연, 자유」)를 타고 "광화문"(「가판신문」「2000년 입동, 2001 입춘」)을 지나 출근한다. 그는 "삶의 가벼움에 짓눌"(「일식과 흰뼈」)려 있으며, 직장에서는 "테트리스"라는 컴퓨터 게임을 가끔 하고(「황조롱이 2」) 집에서는 "집 앞 소공원"(「부러진 그림자」)을 거니는 습관이 있다. 그는 "소주병을 들고 (남산으로) 죽으러 간 적"(「나는 어떤 폐기물인가」)이 있는데, 죽지 못했고(혹은 않았고), 그래도 여전히 "죽음을 포기한 적이 없다."

이 이력에서 '고향 상실자'의 이미지를 떠올리기는 쉬운 일이지만 그러나 명확하지는 않다. 그의 고향 체험이 직접 묘사된 시편이 없기 때문이다. 다만, 우리는, 그가 서울에서, 직장에서나 집에서나, 허공에서 부유하고 있다(11층 아파트와 고층빌딩의 직장)는 사실로 미루어, 그의 고향과 서울을 대립적으로 파악하고 그 대립에 '점토성'(그의 고향은 갯가이다)과 '휘발성'(그는 전파가 날아다니는 방송국에서 일하고 있다)의 대립이라는 의미를 부여할 수 있다. 그리고 "삶의 가벼움에 짓눌"리고 있다는 의식과 '죽음'에 대한 강박관념으로 미루어 그 대립의 격렬성을 짐작할 수 있다.

이러한 대립은 곧바로 1990년대 이후 급격한 교체를 이룬, 재래 문화와 새로운 문화, 즉 아날로그적 삶과 디지털적 삶 사이의 대립을 떠올리게 하며, 그에 따라서 그의 시편들을 넓은 의미에서 문명비판의 범주 안에 포함시킬 수도 있을 것이다. 그러나 시를 읽는 것은 시를 일반적인 사회학적 주제로 환원시키는 것과는 정반대의 방향에 놓여 있다. 시의 독서는 시인만의, 더 나아가 개별 시편만의 고유한 체험과 만나 그대로 다시 겪어보는 행위이다.

그 점을 유념하면서 독자는 거꾸로 생각해본다. 장대송만의 고유한 표정, 그것은 고향에 대한 갈망이 내장하고 있는 강렬성에 비해 고향에 대한 묘사는 감추어져 있다는 사실 자체에 있다고. 다시 말해, 그의 고향의 불투명성은 시인의 '무의식적 기도'에 속하는 것이라고. 부모에 대한 감정이 '격정'을 함유하고 있음에도 불구하고 그들을 직접 명시한 시는 단 두편에 불과하며 그 격정이 은유 속에 감추어져 있는 것도 마찬가지라고. 또한 그가 "죽음을 포기한 적이 없"을 만큼 서울생활에 대한 혐오

감이 극에 달한 것처럼 보이는데도 불구하고 서울에 대한 적대감이 희박한 것 역시 같은 '기도'의 일환이라고.

독자는 이러한 기억과 감정의 은폐와 더불어 묘사의 은폐도 발견할 수 있을 것이다. 왜냐면 그의 시는 이야기를 다 맺지 않은 듯한 인상을 종종 주기 때문이다. 가령 다음 시를 보자.

자장면 그릇을 씌운 비닐랩이 팽팽하다
수평선이다
단무지 그릇은 수평선이 답답하다
그릇 속의 단무지는 행복하다
랩 한가운데에 면도칼을 댄다

11층 아파트
빗소리를 듣기 위해 베란다에 가져다놓은 양철판 위로 비가 떨어지기 시작한다

방송을 마친 모니터에서 빗소리가 난다
빗방울들이 물고기처럼 파닥거린다
모니터에 면도칼을 댄다

—「휴일」 전문

이 시의 기본 구성은 '비닐랩에 씌워진—단무지'와 '모니터에 갇힌—빗소리'의 대립이다. 이 대립의 전언은 비교적 간단하다. (1) 단무지와 빗소리는 똑같이 어떤 무엇에 갇혀 있으며, 그렇게 된 데에는 나름의 '용도'가 있다. (2) 그 용도는 순수한 실용적 용도일 뿐만 아니라 인간적 가치를 함유하고 있는 것이다('수평선'과 자연을 방송하기). (3) 그러나 '나'가 보기에 그 수평선 혹은 방송은 세상을 여는 듯한 포즈로 사물과 자연을 가두고 있다. 그래서 그것들은 '답답함'의 감정을 유발한다. (4) 그런데, 역시 '나'가 보기에, '단무지'는 '행복'한 반면, '빗방울들'은 빠져나가기 위해 "물고기처럼 파닥거린다". (5) '나'는, '단무지'의 저 무지한 행복이 미워서 '비닐랩'에 "면도칼을 대"고, '빗방울들'의 해방 충동에 공감해 "면도칼을 댄다."

그러나 이러한 메시지는, 시를 언뜻 읽어서는, 포착하기가 쉽지 않다. 그 이유는 다음과 같다. 첫째, 단무지와 빗방울들의 대립이 즉각적으로 드러나지 않는다. 이 이유에 대한 이유들은 다음과 같다. (1) 이 시 전체는 연속적으로 이어지는 에피소드들의 모음으로 이루어져 있다. 비 오는 휴일에 집 아파트에서 자장면을 시켜먹고는 베란다의 양철판에 떨어지는 빗소리를 녹음한 후에 이튿날 방송에서 녹음한 빗소리를 틀었다. 따라서 시의 연들은 계기적으로 읽힐 가능성이, 계열적으로 읽힐 가능성보다, 높다. (2) 단무지의 '행복'과 빗방울들의 '파닥거림'의 대립이 명확하지 않다. 단무지가 왜 행복한지에 대한 암시가 없기 때문에 독자는 우선 어리둥절할 것이다. 때문에 빗방울들의 파닥거림에서는 그것들의 '갇힘'보다는 살아 움직이는 동작을 더 빨리 읽을 것이다. 그것들의 '갇힘'은 무시된 채로 지나간다. 이 둘이 대립을 구성하고 있다는 것을 알려면 그 형상을 있는 그대로 보는 선행적 태도가 필요하다. 비닐랩에 싸인 단무지는 움직임이 없고 녹음기에 담긴 빗방울들은 요란한 소리(동작)를 낸다. 이 동작의 무/유가 화자에게 행복/불행의 인상을 준 것이다. 단무지는 행복해서 조용하고 빗방울은 요란한 걸 보니 해방되고 싶어 안달하고 있다. 그러나 독자들은 대개 시의 묘사에서 서둘러 인간적 의미를 읽으려고 든다. 또한 인간 두뇌의 병렬적 연결체계는 동시에 두 개 이상의 일을 할 수 있도록 해준다(가령, 음악을 들으며 공부를 하듯이). 그런데 두 개 이상의 일을 할 때 그 둘이 동시에 독립적으로 진행된다고 생각할 수는 없다. 그것들은 그 중 하나에 의해서 '주도'된다(공부에 집중하고 있으면 음악이 귀 곁으로 스쳐 지나가고, 음악에 빠지면 공부가 안 된다. 사랑을 따르자니 돈이 울고, 돈을 따르자니 사랑이 우는 것이다). 때문에, '있는 그대로' 바라볼 선행적 독서가 인간적 가치를 발견하는 독서에 의해 압도되어서, 선행적 독서가 암시할 단무지와 빗소리의 상태의 인간적 의미를, '역설적이게도' 놓치게 될 여지가 많은 것이다. 게다가 시인은 빗방울들의 '불행'을 명시하지 않고 그 상태를 그대로 묘사하였다. 즉 행복/불행의 대립은, 아리송한-행복/선명한-파닥거림의 대비로 치환되는 방법을 통해, '의도적으로' 은폐된 것이다. 둘째, 첫번째 연과 세번째 연에 대한 화자의 '동작'이 그대로 일치한다. 그로 인해 화자의 면도칼을 대는 '동작'은 중성적으로 읽히기가 쉽다. 단무지와 빗방울들의 대립을 포착한 독자라면 이 동일한 동작이 실은 아주 다른 이유를 가지고 있다는 것을 알아차릴 수 있을 것이다. 그러나 시인은 그것을 포착할 통로를 아주 좁혀놓았을 뿐만 아니라, 그에 대해서 별다른 '설명'을 달지 않았다. 설명뿐이 아니다. 시인은 차후의 결과에 대해서도 침묵하였다. "랩 한가운데에" 면도칼을 대면 랩은 간단히 잘린다. 그럼으로써 '화자'는, 그의 생각 속에서, 단무지가 원하지 않는 일을 간단히 해치운 것이다. 반면, '모니터'에 면도칼을 대보았자 희미한 금이 갈 뿐이다. '화자'는, 역시 그의 생각 속에서, 빗방울들이 원하는 일을 기꺼이 했지만 그 결과는 도로라는 걸 이미 체념하고 있다.

당연히 일어날 수 있는 궁금증은 왜 이 비교적 간명한 대립을 '은폐'하려 했을까, 라는 것이다. 우선 알 수 있는 것은 자신의 무기력의 인정에 대한 방어욕구이다. 비닐랩에 대한 행위는 파괴충동에 의해 이끌린다. 반면 모니터에 칼 대는 행위는 생의 충동이 유발시킨 것이다. '나'는 모니터 안에 갇힌 빗방울들을 해방시키고 싶은 것이다. 그런데 파괴행위는 용이하게 이루어지는 반면, 생명을 주는 행위는 불 보듯 뻔한 실패로 낙착된다. 그것은 자칫 '나'의 존재 이유마저 위협한다. 왜냐하면, 생명의 중요한 기능 중의 하나는 '번식', 즉 생명의 확장이기 때문이다. 바로 그 때문에 '나'는 모니터를 가르는 충동을 드러내되 그것의 결과를 은폐하려고 한다. 비닐랩과 모니터의 표면적인 동일시가 이루어진 것은 그 때문이다. 그러나 이보다 더 심층적인 까닭이 있다. 지금까지의 분석에서 빠뜨린 제2연에 그것이 제시되어 있다(단, 2연의 기능은 지금까지의 해석에 근거할 때만 명료하게 포착된다는 점을 부기해야 할 것이다).

단 두 행으로 이루어진 제2연에서, 이런 유형의 대부분의 시가 그러하듯이(지나는 길에 덧붙이자면, 이 유형은 한국시의 소 장르로서 등록될 만한 것이다), 첫 행은 앞 연으로 반향하고 두번째 행은 뒷연으로 반향한다. 첫 행, "11층 아파트"는 서울에서의 부황한 삶을 농축적으로 제시한다. 그것은 1연의 자장면을 시켜먹는 장면이 그냥 3 연과의 대립을 위해서, 즉 3연의 강조를 위해 기계적으로 설정된 것이 아님을 알려준다. 그것을 통해 독자는 1연의 상황이 도시적 삶의 실상을 우회적으로, 다시 말해 환유적으로 유도하는 독자적 의미공간을 형성하고 있음을 깨닫게 된다. "11층 아파트"라는 간단한 정보지시어는 그 의미 공간의 부상에 지렛대로 작용하는 장치이다. 2 연 첫 행의 농축적 이미지를 통해서 1연에 자기장이 형성되며, 1연의 구체성에 의해서 2연 첫 행의 이미지가 상징으로 부각된다. 그리고 2연 첫 행은 두번째 행에 자연스럽게 연결되면서 동시에 뒤집는다. 어떻게 뒤집느냐 하면, 편류(偏流)시켜 뒤집는다. 1연의 파괴충동은 현재의 자신의 삶에 대한 일종의 자멸충동임을 알 수가 있다. 2 연 1행은 그 충동의 상징적 농축일 뿐 아니라 사태를 바깥으로부터 내면으로 회전시키는 역할도 한다. 단무지의 상황은 나의 상황이라는 것. 그 내면화의 결과로 화자는 이 부황한 삶에 나름의 생명을 주고 싶어한다. 빗방울 소리를 증폭해서 채록하는 것은 그 의지의 실행이다(우리가 라디오에서 자연의 소리를 듣는 것도 사실 같은 이유에서이다). 편류라 한 것은 이 방법론을 가리킨다. 그런데 이렇게 해서 무슨 일이 일어났는가? 실제론, 나는 약간의 해방감을 맛보려는 욕망에 추동되어, 자연의 증여라는 이름으로, 빗방울 소리를 문명의 틀 안에 가둔 것에 불과했던 것이다. 3연에서 묘사된 빗방울의 불행의 근원에 화자 자신이 있었던 것이다. 그리고 빗방울을 뒤늦게 해방시켜주려는 '나'의 동작이 실패로 끝난 근원도 마찬가지임을. 문명의 마름이 문명을 이길 수는 없는 법이므로.

이 '나'의 무능력과 책임의 문제가 시적 정황의 중성적 조성 혹은 모호화라는 은폐의 방법론을 요구한 것이리라. 나의 무능력과 책임은 모두 도시적 개인의 '반생명적인 사회존재론적 성질'에서 나온다. 그 성질에 침윤된 나는 그로부터 벗어나기 위해 자연을, 고향을 불러오려고 애쓰지만 그 결과는 언제나 자연의 더 큰 침해만을 야기할 뿐이다. 고향 가는 길에 대해 쓴 다음 시구는 이런 맥락에서만 이해될 수 있다.

삶, 망가뜨려놓고 그 위에 똥을 쌀 때 느끼는 기분으

로 사는 것, 그렇게 고향 간다

──「배롱꽃 핀 고향길」 부분

또한 독자는 '화자'가 감추고 있는 고향에 대한 격렬한 감정이 정확히 어떤 내용을 가지고 있는지 모른다. 그래서 시인이 왜 아버지에 대한 강박관념에 시달리면서 밤거리를 배회하는 화자의 심경을 기술하며 「다시 태어나면 테러리스트가 되고 싶다」는 제목을 붙였는지에 대해서도 아는 바가 없다. 그러나 그가, 어쨌든 지금 이 생에서는, 결코 '테러리스트'가 될 수 없다는 것은 분명히 알 수 있다. 「휴일」을 통해 보건대 화자는 이미 일상적 테러를 저지르는 21세기의 교양인이므로.

한데 이 앎과 더불어 이 앎의 꼬리에 붙어 나와서, 앎의 뒤통수를 두드리는 또 하나의 앎이 출현한다. 그는 테러리스트가 되지 못하기 때문에, '테트리스'라는 게임을 가끔 하는 것으로 그 불가능한 충동을 달랜다는 것.

독자는 왜 테러리스트와 테트리스 사이에 연결선을 놓을 생각을 하게 된 것일까. 2부 앞부분에 실린 한 편의 시의 제목과 3부의 끝자락에 단 한번 나오는 하찮은 단어 사이에 어떤 보이지 않는 교량이 설치되어 있다고 생각한 것일까. 왜냐하면, 독자가 저 은폐의 수사학 속에서

은밀히 작동하고 있는 재생의 전략을 캐내려고 한 것이
아니라면 이 엉뚱한 애너그램을 떠올릴 리가 없기 때문
이다. 아니, 차라리 시의 어떤 비가시적 기운이 그러한
반전 혹은 되먹임의 충동을 독자에게 부여한 것이 아닐
까. 실로 테트리스란 무너짐의 균형을 테스트하는 게임
아닌가. 시가 그대로 보여주듯이 말이다.

테트리스를 한다 마포 삼성아파트와 현대아파트 사
이에 생긴 공간을 메우자 건물들이 와르르 무너져내렸
다 도원빌딩과 일진빌딩 사이에 길쭉하게 만들어진 공
간을 채우려는데 통일건설 노동자와 일진알루미늄 노
동자들이 체불임금 지급과 해고노동자 복직을 외치는
아우성으로 가득 차 있다 멈칫 컴퓨터 자판기의 포즈
키를 눌렀다 같은 복장에 같은 목소리, 같은 눈빛의 사
람들……

—「황조롱이 2」 부분

무너짐의 긴장, 무너짐의 필사적인 정돈이 이 게임의
목표라면, 이것은 결코 테러리스트가 되지 못한 채, 생의
충동이 파괴충동으로 정산되고 자신의 책임과 무능력을
나머지로 남기는 이 불행한 산술의 주체-노예가 자신의

기구한 존재론을 감추기 위해 필사적으로 벌이는 은폐의 게임이 아니겠는가. 아니 동시에 그것은 그 '무너짐'의 불우한 존재론을 최대한도로 정제된 형태로 감당해내려는 의지의 씨뮬레이션이 아니겠는가. 그 씨뮬레이션을 통해서 그가 결국 도달하는 것은 무너짐의 정돈이 아니라(왜냐하면 게임은 결국 다소간의 점수만 남긴 패배로 끝날 것이니까), 그 가상적 실행이 그에게 남겨준 '의지'의 존재적 확인이리라. 그에게 우수리로 떨어지는 것은 '책임'과 '무능력'뿐만 아니라 동시에 그것을 만회하고자 하는 '의지'라는 것. 왜냐하면 그 의지가 없다면, 그는 결국 폐기물로서 남은 것에 불과할 것이기 때문이다. 그리고 그것은 화자로 하여금 실제로 언젠가 죽음을 결심하게 했던 것이다(「나는 어떤 폐기물일까」).

과연, 그가 테트리스를 하다가 만나는 것은 모든 것들의 무차별적인(되풀이해서 쌓이는 '같은' 목소리, 눈빛, 아우성) 붕괴인데, 그 붕괴의 자욱한 먼지 속에서 한마리 "지친 날갯짓의 황조롱이"가 "길쭉한 공간을 맴" 돌다가 "황사에 덮인"(순환적인 붕괴의 먼지들) "빌딩 벽에서 나온 상승기류에 몸을 내맡기고 정지비행을 한다." 도심의 고층빌딩 사이로 황조롱이가 가끔 날아다니고 있지만 그것은 환각이다. 이 환각이 어디에서 왔을까. "자판기 포즈 키를 풀자” 왔다. 사정은 이렇다. 나는 테트리스를 하고 있었다. 그런데 문득 빌딩 밖에서 노동자들의 시위 함성이 들렸다. 그 함성이 테트리스의 블럭이 떨어질 자리에 가득 찬 듯이 나는 느낀다. 본능적으로 자판기의 포즈 키를 누르고 시위 광경을 보기 위해 창문으로 나간다. 포즈 키를 누른 것은 두 가지 동기에 근거한 듯이 보인다. ‘멈칫’이라는 한 단어에 그것들이 한데 놓여 있다. 우선 사실적인 동기. 창밖에서 시위 함성이 들렸기 때문에 창밖으로 가보기 위해서이다. 다음 심리적인 동기. 게임 화면 속의 빈 공간에 시위 함성이 들어참으로써 블럭을 놓을 자리가 없어졌다. 포즈 키를 누른 것은 게임이 종료되는 것이 싫었기 때문이다. 화자는 테트리스 게임에 한참 맛을 들이고 있는 중이고, 그것은 테트리스가 그에게 분명 결핍된 욕망의 대리물임을 가리킨다. 어쨌든 두 경우 모두 게임과 시위 함성을 대립시킨다. 바깥에서 벌어지는 현실의 갈등은 게임으로 시간을 허비하는 나를 은근히 질책케 한다. 그러나 게임에 대한 욕망은 쉽게 포기되지 않는다. 왜냐하면 그것 또한 현실 속의 나의 기구한 존재론을 ‘정돈’하는 방법이었기 때문이다. 포즈 키는 현실에 대한 두 가지 요구의 충돌을 잠시 계류시키는 동작이다. 어쨌든 바깥의 함성은 ‘나’와 다른 사람들의 문제이고, 그것은 어쩌면 '나'의 문제를 해결해주는 지침이 될지도 모른다. 그래서 '나'는 창밖을 본다. 불행하게도 '나'는 테트리스 화면에서와 똑같은 무너짐을 창밖에서도 본다. 그리고 그것이 그로 하여금 테트리스 게임으로 다시 돌아가게 한다.

여기에서, 1980년대식으로 전망의 상실을 적발하고 그것을 나무랄 수도 있을 것이다. 그러한 비판을 두고 낡은 계몽의 관념을 여전히 못 버리고 있다고 되받는 것이 능사는 아닐 것이다. 그러나 분석의 맥락 속에서 그러한 질타는 쉽게 수긍을 얻지 못할 것이다. 왜냐하면 표면적으로 개인 '나'의 정황과 심경에 관한 기록인 이 시편들을 사회적 차원으로 쪼일 때, 이 시편들은 사회구성원의 구성적 참여의 몫, 쉽게 말해, 스스로 피해자라고 자처하는 '세계 내적 존재'의 '책임'의 문제를 겨냥할 것이기 때문이다. 그 점을 납득할 수 있다면 다시 장대송 고유의 문제로 서둘러 돌아가는 게 타당할 것이다. 13인의 아해가 봉착한 막다른 골목에서 하나의 아해가 틈입한 유일의 골목으로.

그렇게 화자는 테트리스 게임으로 돌아간다. 그리고 멈춤 키를 해제한다. 바깥의 광경에서 어떤 희망을 얻지 못했으므로. 그런데 창밖으로 눈나들이를 다녀온 경험은 그냥 스쳐 지나가지 않는다. 왜냐하면 '나'는 내면에서뿐만 아니라 바깥에서도 붕괴를 목격했기 때문이다. 그것은 탈출구의 전면적 폐색을 야기한다. 외부가 미지였을 때 테트리스는 내면의 붕괴를 견디면서 기다리는 방편이었지만 외부도 붕괴임을 알았을 때는 테트리스는 오직 억지 견딤의 권태이기만 한 것이다. 그리고 그것은 역으로 테트리스의 기능을 강화한다. 의지할 게 그것밖에 없기 때문에. 그런데 테러리스트의 애너그램 변신태인 테트리스는 동시에 테러리스트의 결여태인 것이다. 이 한 음절의 결여태는 실제로는 결코 테러리스트를 대신할 수 없다는 점에서의 결여태이다. 마치 "풍(風)자(字)를 만들 수 없어 꽃을 떨굴 수도 없"는 김립(金笠)의 「이〔虱〕」가 그러하듯이. 그래서 그것은 보충의 형식으로 결여의 반복 생산을 수행한다. 그것의 심리적 기능이 강화될수록 그 반복생산의 공회전은 더욱 왕성하고, 그만큼 주체의 심장은 공허해진다. 그때 출현한 것이 황조롱이라는 환각이다. 그것은 일종의 의지의 설사이다. 오직 의지가 자신의 분비액으로만 분만해 주체에게 증여한 선물. 그러나 동시에 그것은 결여의 충족이라는 이름으로 태어난 것이다. 보충의 형식으로 수행된 결여의 되풀이를 결여의 형식으로 수행되는 보충의 완성으로 바꾸기 위해 출현한 것이다.

테트리스와 황조롱이 사이의 이 간극, 충족형 결여와 결여성 충족 사이의 이 거리를 메꾸기 위해서는 어떤 결단이 필요하다. '의지여, 다시 한번!'이라고 외칠 순간이 도래한다. 그리고 그 외침이 또한 공허한 메아리로 흩어지지 않기 위해서는 그 결단은 바로 간극의 파괴를 향해야 한다. 다시 말해 간극의 한 대극에 의해 다른 대극을 '결딴'내야 하는 것이다. 황조롱이가 실물로 출현하기 위해 테트리스를 분쇄해야 하는 것이다. 포즈 키를 누르고 풀 때마다 날다가 정지비행을 하는, "지칠 때마다 저 거대한 건물에 몸을 기대"는 "평안"함을 깨뜨려야 하는 것이다.

그것이 어떻게 가능한가? 그것은 오직 테트리스의 유희적 불안과 황조롱이의 충족환상을 동시에 연기하는 주체의 자신에 대한 결단, 다시 말해 저 유희적 "불안과의 계약을 해지하는résolutoire" 행위, 우리 식으로 말해, '파투내는' '행위'에 의해서만 그러할 수 있을 것이다.

그 '파투내기'의 충동은 시 전편을 통해 수시로 치밀어 오른다. 앞에서 인용했던 「배롱꽃 핀 고향길」에서 화자는 그것을 "구두 수선용 송곳에 찔리고 싶다"는 말로 표현한다. 왜 '구두 수선용 송곳'일까? '꿰뚫어-깁기' 때문

일 것이다. 자멸을 통해서 재생을 이루는 것. 물론 그것
은 새로 태어나고 싶다는 욕망의 표현이다. 죽어서라도
새롭게 살고 싶다는 것. 화자의 자살충동은 그러한 재생
의 욕망에 근거해 있다. 그러나 이러한 역설은 그 자체로
서 모순이다. 간단히 말해, 죽으면 태어나지 못하기 때문
이다. 또한 이것은 '테트리스'의 유희적 불안에 이미 새
겨져 있던 한계였다.

　적어도 두 가지 눈여겨볼 점이 있다. 우선 운동의 궤
적. 뾰족한 것에 대한 화자의 심리적 경사(傾斜)가 편재
하고 있다는 것. 그 심리적 경사는 기본적으로 재생을 위
한 자멸충동을 가리킨다. 가령, "밤을 기다린다, 몸속 잔
가시처럼 날카로운 그믐달로 눈을 찌르기 위해"(「선유도
(仙遊島)」)라든가, "일식이 벌어지는 날 몸속의 뼈들이 살
을 걷어 털어낸다 // 날카로워진 뼈, 해를 가린 달을 찌르
고 있다"(「일식과 흰뼈」), "몸을 쪼아먹을 새는 어디서 날
아오고 있을까"(「사자들의 저녁식탁」) 같은 시구들은 그런
충동의 명백한 예들이다. 그러나 뾰족한 것의 편재는 동
시에 뾰족한 것들의 변주를 가리킨다. 그 변주는 두 방향
으로 퍼진다.

　첫째, 뾰족한 것들은 더욱 가늘어져 근원을 향해 해체
된다.

①
일식이 벌어지는 날 몸속의 뼈들이 살을 걷어 털어
낸다

날카로워진 뼈, 해를 가린 달을 찌르고 있다

뼈들이 끓는 물 속에 들어가 하얗게 탈색한다

망사처럼 얇아진 뼈에는 잔구멍이 숭숭하다
　　　　　　　　　　　　　—「일식과 흰 뼈」 부분

②
나뭇가지 그림자들이 살을 발라놓은 생선가시처럼
어지럽다
밟아본다
발 아래 그림자들이 부러지며 소리를 지른다
뼛속에 숨어 있던 소리들도 일제히 소리를 질렀다
　　　　　　　　　　　　　—「부러진 그림자」 부분

③
광대뼈, 저 광대뼈는

어떤 하세월을 품고 있어서, 오늘

—「누이의 광대뼈」 부분

①에서 보이듯, 뾰족한 것에 대한 충동은 그것의 주체 내부의 장소, 즉 '뼈'로 반향한다. 이것은 「휴일」에서 '단무지'에 대한 충동이 자기에 대한 충동으로 내면화하는 것과 같은 경로를 가진 움직임이다. 이러한 경로는 또한 서정시 일반의 경로이기도 한데, 장대송의 특징은 그 내면화는 시작이지 종결이 아니며, 그 시작은 연장(延長)이나 완성을 향해 있는 것이 아니라 일탈을 향해 있다는 것이다. 외적 정경의 내면화로써 감정을 완성하는 일반적인 한국의 서정시와 달리, 감정의 찌꺼기가 발생하여 더할 이야기를 남긴다는 것이다(따라서 모두(冒頭)에서 언급한, 장대송 시가 쓰다 만 것 같다는, 즉 형태적으로 결여하고 있다는 인상은 주제의 범람에서 비롯되는 것이라할 수 있다). 그 남은 감정의 힘에 의해서 뼈는, 다시, 탈색하거나(①) 부서져 바스러질 듯한(②) 형상으로 해체된다. 그것은 자멸충동의 내부 검증으로 보일 듯하다. 그러나 정작 독자가 보는 것은 화자의 의도를 배반하는 뼈들의 반란이다. 인용문 ②의 첫 행은 뼈가 해체되어 증발하는 것이 아니라, 해체되되 분산하여 더욱 기승하는 광

경을 보여준다. 그것은 화자를 혼란 속으로 밀어넣는다. 그래서 밝아본다. 물론 소멸시키기 위해서. 그러나 밝으니, 이번에는 육체로서뿐만 아니라 소리로서도 기승한다. 뼈들은 소멸하지 않고 흩어져 퍼진다. 말을 바꾸면 자멸충동은 자멸로 귀결하지 않고 큰 충동에서 작은 충동들로 쪼개져서 주체의 내부에 퍼지고 쌓인다. 흩어져 퍼진 것은 더욱 주체의 내부에 스며들어 '체질'과 '체형'으로 쌓인다. ③의 '광대뼈'처럼. 그 광대뼈가 언뜻 비추는 날카로운 예각은 바로 뾰족함의 원-충동을 반사하며, 동시에 그 광대뼈의 딱딱함은 충동의 좌절의 사건들이 쌓이고 쌓여 돌처럼 굳어지게 된 내력을 암시한다.

두번째 방향의 변주는 뾰족한 것이 굵어져 사실적 형상으로 나타나는 과정이다. 그러니까 애초에 자멸충동으로 나타났던 것이 여기에서는 생명의 실물을 획득한다. 가령,

　　버스가 수로길 옆을 지날 무렵
　　한 아주매가 용변이 급하다고 소리칠 때 반사적으로
　눈을 떴다 감는 할매
　　수로 옆 갈대밭에서 용변을 보는 아주매
　　아주매를 다그쳐 출발하는 차에서 머리를 곧추세우

는 낙지와 할매

　그런 시간이 아득하다
　　　　　　　　　　　　　　—「낙지할매」 부분

에서의 '낙지'와

　갈대들이 조금에 뜬 달 아래서 외가에 간 어머니가
끝내 돌아오지 않을 것이라 말하던 곳
　둑을 넘어 농로에 흘러든 물에 고구마를 씻는 아낙
의 손, 만지고 싶다
　　　　　　　　　　　　　　　—「고향」 부분

에서의 '고구마', 그리고

　한손에는 담배를 다른 한손으로는 '더위사냥'을 먹
고 있는데, 시간의 빈자리가 크다
　　　　　　　　　　　—「여름이 지나간 자리」 부분

의 '더위사냥'(아이스크림) 등이 그것들이다. 이것들은
가늘어져 날카로운 것들, 즉 "반사적으로 눈을 떴다 감

는", '갈대밭' '갈대' '담배' 등의 시구 혹은 사물과 대비
되어 출현해서 삶의 긍정으로서의 웃음, 푸근함, 한가로
움 등의 이미지를 드러낸다. 이 대비의 모양새로 볼 때
이 '굵어진 것들'은 자멸충동의 에너지를 삶의 기운으로
변경하고 싶은 욕구의 표현들이다. 그런데 이런 이미지
들은 실상 위에 인용된 것들이 전부이다. 첫 시집 『옛날
녹천으로 갔다』(창작과비평사 1999)에서 '실그림산들' '여
인네 엉덩이' '몸 안의 달' '운판(雲版)의 울림' 등등, 비록
유령(shadow)의 형식으로긴 하지만 생의 의미와 기운을
묵직이 감촉케 하는 이미지들이 넘쳐났던 것과 아주 다
르다. 그 이유의 일단을 우선 앞의 인용문들이 제공한다.
그것들은 과거의 시간대 속으로 사라진 것들이다. 지
금·이곳에서 그것들은 죽은 사물들이다. 물론 첫 시집
속의 저 이미지들도 대체로 기억의 의상을 걸치고 나타
났었다. 그러나 그때·그곳에서 그 기억은 부활을 위해
존재했다. 이런 말을 써도 된다면, 기억을 실존으로 돌리
기 위한 혁명적 음모에 대한 꿈의 물질적 상관물들이 그
것들이었다. 『섬들이 놀다』가 보이는 결정적인 변화는
그런 부활의 끈을 영영 놓쳐버렸다는 것이다. "시간의
빈 자리가 큰" 것이다. 「생강굴 속의 음모」는 그러한 시
간의 망실을 상징화하고 있다.

대꽃 핀 계절 사람들은 마을을 버리고 어디론가 떠
났다

누런 대꽃이 핀 대밭에서 파도소리가 들렸다
대밭 가운데 생강굴에 살고 있는 늙은 뱀의 음모가
대꽃을 피웠다

비 맞은 개오동 꽃처럼 파도소리에 시절을 피우면
내가 알고 있는 한 이 땅에서 적어도 3백년 동안 아
무 일도 일어나지 않았다
무슨 일이 일어났다면 내눈이 상시(上視)이기 때문일
것이다

빈 마을에 내리는 햇살이 파도소리에 흔들린다
저 햇살을 맞으면 몸속에서 대꽃이 필까
그리고 나를 떠날 수 있을까
내 안, 작둣날에도 잘리지 않던 짓이겨져 질긴 볏짚
같은 것이 되살아나 생강굴을 향해 걸어간다

"늙은 뱀의 음모"는 첫 시집에서 유령의 형태로 제시

된 기억의 혁명적 부활의 음모를 그대로 가리킨다. 그런데 "내가 알고 있는 한" "적어도 3백년 동안 아무 일도 일어나지 않았"던 것이다. 그리고 이제 영영 상실된 것 앞에서 망연자실한 표정으로 바라보는 나의 눈빛만이 시를 적막으로 채우고 있을 뿐이다. 그리고 "체념한 눈빛이 천년은 된 것 같다"(「단동불망(丹東不望)」).

그러나 아니다. 적막도 단지 공허가 아니라 물질이고 에너지이다. 그는 어쨌든 "아무 일도 일어나지 않은" 것을 "무슨 일이 일어났다"고 착시하는 '상시병' 환자이다 (시인에게 물어보니, 상시(上視)란, 안과의학에서 쓰는 말로, 비정상적으로 치켜떠진 눈이라 한다.) '나'의 눈은 적막으로 가득 찬 동공으로 적막의 바깥(그게 적막 이전이든, 적막 이후이든)을 향한다. 왜냐하면 상시의 운동으로 나의 몸속에는 기억의 끈을 부여잡고자 하는 집념이 집중되었고, 반면 외부는 기억의 망실로 텅 비어버렸기 때문이다. 그리고 에너지 순환 혹은 교환의 원리에 따라 집중된 에너지는 바깥으로 방출되어야만 하는 것이다. 그래서 '나'는 끈질기게 나를 비워낼 '궁리'만을 한다. 그 궁리의 첫번째 길은 망실된 기억, 그러니까 실종된 시간을 내 몸속에서 부활시키는 것이다. 이 땅에서 사라진 '대꽃'을 내 몸속에서 피우려 하는 것이다. 그리고 그것을 위해 모든 수단을 동원한다. 그 궁리 덕분에, 망실된 것들은 더욱 망실되어가면서도 여전히 희미한 흔적을 잃지 않는다. 그것을 위해 바깥의 사물들이 연료로서 동원된다. 제2연에서 "비 맞은 개오동 꽃처럼 파도소리에 시절을 피우면"의 '파도소리'는 모든 것의 망실을 새삼 재확인하는 기능을 하는 데 비해, 제3연에서 '파도소리'는 "빈 마을에 내리는 햇살"을 발견하고 그것을 연료로 의지를 불태운다. '나'는 그 햇살의 에너지를 받은 덕분에, "내 안"에서 "작둣날에도 잘리지 않던 짓이겨져 질긴 볏짚 같은 것"이 "되살아" 남을 느낀다.

여기에는 이중의 내면화가 작동하고 있다. 외적 상황의 황폐함의 내면화가 그 하나라면, 바깥 사물의 연료화가 그 둘이다. 이 이중의 내면화는 한국적 서정시의 내면화와 다르다. 통상적인 서정시의 내면화는, 외재화-역내면화라는 부메랑 방식으로 이루어진다. 즉, 고통스러운 내면을 외재화함으로써 바깥 정경에 의탁하여 안정과 힘과 가치를 얻은 후, 외부=자아의 동일시를 통해 힘과 가치를 가진 외부를 다시 내면으로 역수입하는 과정으로 이루어진다(졸고 「한국적 서정의 정신 작업」, 『시와 정신』 2003년 봄호 참조). 또한 장대송의 내면화는 1960년대 문학의 그것과도 다르다. 60년대의 작가들이 한국인의 수난을

극복하기 위해 감행한 내면화(김병익이 정의한 의미에서의)는 외적 정황을 자신의 책임으로 떠맡는다는 뜻에서의 내면화이다. 장대송의 이중 내면화의 첫번째 절차는이와 유사하지만 거기에는 책임 대신에 동반 타락이라는내용이 들어 있다. 그렇기 때문에 시는 타락으로부터 탈출하기 위한 작업을 요청할 수밖에 없는데, 바깥 사물을연료로 수용하는 2차 내면화가 그것이다. 2차 내면화는통상적 서정시의 외재화와 구조적으로 동일하지만 시인의 윤리의식이 작동하여 그것을 의문부호로 계류시킨다("필까" "떠날 수 있을까"). 그 계류에 의해서 햇빛의 실물적활용은 포기되는 대신 촉매로서 즉 문자 그대로 내면을비추는 빛으로서 기능케 한다. '나'의 에너지는 바로 "내안"의 "작두날에도 잘리지 않던 짓이겨져 질긴 볏짚"에서 수확된다. 마지막 행의 "내 안"이라는 간단한 지시어는 그렇게, 나의 문제는 오직 나의 몫이 될 뿐임을 정직하게 확인하는 기능을 담당한다.

아무튼 여기에서 뾰족한 것의 두번째 방향의 변주는첫번째 방향의 변주와 만난다. 이 만남, 좀더 정확하게말해 교차와 교섭을 개념적으로 정리하면 다음과 같다.자멸충동으로 출발했던 뾰족한 것에 대한 경사는 가늘어짐 방향의 변주를 통해서 자멸의 불가능성으로 귀착한다. 그러면서 충동들은 바스러져 쌓인다. 무능력한 시간의 퇴적이다. "시간이 먼지처럼 가라앉는"(「이천쌀밥집」) 것. 다른 한편, 두번째 방향의 변주는 자멸충동을 생의 충동으로 바꾸고자 하는 의지를 드러내지만, 그 의지는 엉뚱한 내용(고구마)과 엉뚱한 형상(낙지)으로, 엉뚱한 장소(아이스크림)에서 출몰한다. 엉뚱함과 정상, 우연과 필연 사이에는 결정적인 단절이 있으며, 그 단절의 의미는 시간의 망실이다. 그러나 첫번째 방향의 변주에 의하면 시간은 결코 소멸하지 않는다. 그것은 무능력한 채로 퇴적되었던 것이다. 따라서 시간은 망실된 것이 아니라 단지 역선(力線)이 실종되었을 뿐인 것이다. 따라서 과거와 현재의 대립은 시간의 퇴적과 무기력의 대립으로 이동한다.

이 이동의 결과로 장대송의 시는 한편으로 도시에서의 권태로운 삶과 그것을 파투내기 위한 자멸충동 사이에서 좌절된 '시절'의 내력을 드러낸다. 시집에 여러 차례 등장하는 '시절피우다'라는 단어는 바로 그러한 사정을 압축하는 단어이다. 그러나 동시에 그 단어는 그 좌절의 내력 자체로서 다시 살아보겠다는 의지와의 긴장을 함축한다. 그 긴장이 없으면 그 단어는 존재하지 않는다. 다시 말해, 시절피우는 이야기가 이리도 많은 것은 그 긴장 때문이다. 어떤 '역선'도 찾을 수 없음에도 불구하고.

아주 긴 우회로를 거쳐서 독자는 '황조롱이'로 되돌아 간다. 이것이 자멸—재생이라는 불가능한 욕망에 대해 눈여겨볼 두번째 점이다. 그 황조롱이는 '환각'이며 의지의 설사라고 말했다. 그러나 이제 그 환각은 불가능의 은유, 다시 말해 상징형상으로 태를 바꾼다. 그렇다. 황조롱이는 "상승기류에 몸을 내맡기고 정지비행을 하"기 위해 나타난 것이 아니다. 그것은 오히려 그 자신 솟구치는 기류로서 나타난 것이다.

진눈깨비가 빌딩 벽에 흐르는 기류를 타고 하늘로 솟구쳤다

황조롱이가 치솟는 눈발을 헤치며 아래로 내리꽂혔다

도화동 소공원에서 모이를 쪼고 있는 비둘기를 낚아챈 황조롱이가 솟구치는 눈발을 따라 유유히 사라진다

비둘기가 사라진 공원, 나뭇가지에 매달린 눈발들이 질투처럼 빛났다

공원에서 밤을 새운 행려자가 두리번거린다

고층건물 송신탑에 둥지를 튼 황조롱이, 그가 탄 전
파는 단파일까 중파일까
　기류를 타고 온 전파가 성층권에서 날아온 철새라
면, 황조롱이의 시간은 공간이겠지
　황조롱이가 사라진 하늘을 배회하던 시간들, 거미줄
에 매달린 이슬처럼 날카롭다

—「황조롱이 1」 부분

　시편들의 여정에서 고갯마루에 놓여 있는 시로 읽을
만하다. 왜 이 시를 서두 근처에 배치했는지는 분명치 않
다. 개개의 시편들이 결여의 이야기 혹은 이야기의 결핍
으로 이루어진 데 미루어, 시인이 곡절 많은 여정을 해체
해 장관을 앞에 내세운 것으로 짐작할 뿐이다. 그것이,
장관들로써는 결코 완성하지 못한 채로 좌절의 퇴적으로
늘어질 사연을 독자로 하여금 곰곰이 궁리케 하여, 감응
케 하는 유용한 방법론이기 때문일 것이다. 실로 첫 시
「새의 영혼」에서부터 「상유(尙遊)」까지 다섯 편의 시들
은, 지금까지 독자가 재구성해본 시집의 고유한 여정의
특징적 국면들을 날카롭게 빚어, 빛내는 상징도편들이
다. 「새의 영혼」은 자멸충동의 원형적 이미지를 조형하
고 있으며, 「여름날 정오」는 환각의 발생학을 그리고 있

고, 「황조롱이 1」은 생의 권태와 죽음충동 사이의 긴장이 임계치에 다다른 상태를 형상하며, 「세계의 시각」은 그런 긴장을 단숨에 무력화하는 "사람들의 손목을 묶은" "견고한" "시간"을 건조한(그러나 속으로 강박적인) 보도체로 요약하고 있다. 그리고 「상유(尙遊)」는, 시집 제목과 조응하면서(표제시가 따로 있긴 하나, 이 시가 앞서서 제목의 뜻풀이를 하고 있다), 「황조롱이 1」과 「세계의 시각」 사이의 뺄셈으로부터 남은 이야기를 전하고 있다.

원형적인 '황조롱이'는 솟구치는 상승기류와 견고한 시간 사이에서 튀어나온다. "진눈깨비가 빌딩 벽에 흐르는 기류를 타고 하늘로 솟구"치는 순간, "황조롱이(는) 치솟는 눈발을 헤치며 내리꽂"힌다. 이것은 바깥에 대한 충동적 저항이 자멸충동으로 되쏘이는 광경으로 해석될 수 있다. 즉 자멸충동의 되풀이라 할 수 있다. 그러나 아니다. 그것만이 아닌 것은 바로 '비둘기'의 존재 때문이다. 「황조롱이 2」와 겹쳐놓고 읽으면, 「황조롱이 1」의 '비둘기'는 「황조롱이 2」의 '황조롱이'의 복본이다. '황조롱이'는 황조롱이를 낚아챈다. 그러니까 파열에 대한 예감에 시달리면서 신경증적으로 현실을 견디는 미열의 자멸충동을 원형적 자멸충동이 살해한 것이다. 그 때문에 비둘기와 동류들인 "나뭇가지에 매달린 눈발들"의

"눈발"이 "질투처럼 빛"나는 것이다. 치솟는 눈발 또한 맥없이 가라앉을 것 아니겠는가. 먼지처럼! 황조롱이가 비둘기를 낚아챈 사건은 결코 되풀이되지 못할 일회적 사건으로 격발한다. 그것은 "내가 살고 있는 15평 공간의 시간들은 용적률을 최대로 높인 산소통의 시간들처럼 언젠가는 폭발할 것이다"(「금대(金臺)」)에서 예견된 것처럼 생명의 산소인 시간을 폭발시킨 것이다. 즉, 그 사건은 '견고한 시간'의 질서 안으로는 결코 포함되지 않는 것이다. 그 때문에 놀란 "행려자가 두리번거린다." '행려자'는 화자의 행동 대리역이다. 그가 행려자인 것은 현실의 질서 속에 안주하지 못하면서 또한 현실의 시간 속에 무기력하게 떠밀려가는 존재이기 때문이다. 화자 즉 말하는 주체가 행동하는 자신을 바라볼 때 그는 영락없이 행려자다. 이 행려자는 여기에만 나오지 않는다. "눅눅한 어둠속에서 다른 한켠의 어둠으로 서서 또 다른 한켠의 어둠을 품은 채 자신의 기사를 확인하는 기자들"(「가판신문」), "바람아래에서 염전 노을을 지고 온 (낮술하는) 염부"(「바람아래」), "금빛으로 물든 강 그 가운데로 물길이 나고 그 길에서 서성이는 사람"(「저녁 강」), "강둑엔 낚싯대를 드리운 사내, 그저 서성이는 사내"(「단동불망(丹東不望)」), "김을 매는/열명 남짓한 무리 중" "단 한명

뿐인" "사내"(「공공근로」) 등이 다 그런 행려자들이다. 그 행려자가 다시 말하는 주체로 돌아와 질문을 던진다. 시간의 질서에 포함되지 않는 저 황조롱이는 "단파일까 중파일까" 불행하게도 '나'의 질문은 내가 현실에 갇혀 있는 존재라는 것을 역설적으로 드러낸다. 방송국에 근무하는 나는 현실 바깥의 사건을 현실의 언어로밖에는 질문하지 못한다. 그러나 그 질문이 그렇다고 무용한 것은 아니다. 그 질문을 통해서 현실의 언어는 현실에 의문부호를 달고 현실을 와해시키기 시작한다. 즉 시간의 질서 속에 구멍을 내고 시간과 다른 무언가를 만들어내기 시작한다. 바로 '공간'을. "황조롱이의 시간은 공간이겠지" 라는 의문법에 이어서, "황조롱이가 사라진 하늘을 배회하던 시간들, 거미줄에 매달린 이슬처럼 날카롭다"라고 메지내고 있는 마지막은 그 과정을 그대로 보여준다. 시간은 시간'들'이 되고 시간들은 시간의 물집, 시간의 구멍이 되어 시간을 균열시킨다. 그 균열 조짐의 순간순간들이 "거미줄에 매달린 이슬처럼 날카롭다." (지나가는 길에 덧붙여보자면, 현실 즉 현대modernity는 시·공간의 확정에서 시작한다. 그런데, 현대가 순서의 시대이듯 시·공간의 확정에도 순서가 있으며, 시간보다 공간의 형성이 먼저라는 게 내 판단이다. 이에 대해서는 언젠가 기

회가 닿으면 한번 풀어볼 생각인데, 어쨌든 그런 점에서 시간을 공간으로 돌리는 것은 시간의 질서를 부수고 현실을 빅뱅의 순간으로 되돌려 모든 것을 일회적인 사건으로 만드는 '작업'을 한다. 계기성이란 없고 오직 유사성들만이 가득 차 있는 공간. 모든 것이 닮았으되, 또한, 어떤 유산도 영향도 유전도 훈련도 없어서, 모든 것이 통째로 자율적인 것들의 세계. 많은 시인들이 곧 휘발될 순간'들'에 그리도 애착을 보이고 있는 것은 그 때문이다.)

이 구멍−공간의 탄생이 무엇을 해낸 것일까. 시인이 제목으로 써서 결론처럼 제시하고 있는 새로운 공간의 의미론, 즉 '노님'의 세계는 단 두 편만이 제시되어 있거니와 그리 감응력이 커 보이지는 않는다. 오히려 독자가 주목하는 것은 공간이 연 세계가 아니라 공간이 열리고 있는 순간이다. 그 순간에 무슨 일이 일어났는가. 앞에서 우리는 이 시집에 편재하는 도시인의 일상적 자멸충동을 미지근한 신경증적 견딤의 충동으로 정의하였다. 그런데 이제 견딤은 공작이 되었다. 일상은 미지근한 권태의 장소가 아니라 즉 자멸을 일상적으로 작업하는, 무척 근지러운 장소가 되었다. 언젠가 "톡 쏘였던 자리가 (거듭) 욱신거려오"(「빈 집자전거」)는 장소.

물론 어디에도 결론은 없다. 다시 말해 어디에도 전망

은 없다. 그러나 전망을 확실히, 착실히 보여주는 시들이 재미없기가 다반사다. 모든 문학이 그렇듯 시의 아름다움은 열망과 좌절 사이의 복합적 상호작용에서 나온다. 장대송의 시 역시 마찬가지다. 그의 시적 여정이 드러내는 것은 이야기의 결핍, 결여의 이야기를 대가로 그 결핍을 비추는 복합적 응시의 체계를 이루어냈다는 것이다. 현실에 대한 거부감 혹은 산다는 것의 부끄러움의 항상성, 그것의 자멸충동으로의 전환, 그 충동의 일상적 무력감, 그 충동에 대한 상징적 원형화와 미지근한 일상충동 사이의 마찰, 그 마찰의 극점에서 환각으로 피어나는 질서의 균열, 그리고 질서로의 복귀 혹은 일상적 충동들의 상징화 등이 그 체계를 이루는 술부들이다. 그 체계의 주어는 세 명이다. 도시의 직장인인 '나', 남산으로 죽으러 간 적이 있던 '나', 그리고 늘 '서성이는 사내'가 그 세 사람이다. 이 세 인물이 서로 비추는 가운데 전개된 중층적 사건들이 이 시집의 '결여'의 이야기를 '채운다.' 그리고 그 채움을 결여로서, 그 결여를 채움으로서 동시에 드러내는 것이 바로 말하는 주체, 즉 화자의 '응시'다. 잘 알다시피 모든 응시는 자기 응시다. 자기 응시는 가장 정직하게 꿰뚫어볼 때조차 상상적 욕망을 벗어날 수 없다. 시집의 제목이 '섬들이 놀다'인 것은 그 때문일 것이다. 섬들이 저 '시간들'(시간이 아니라)의 변이체임을 알아챌 독자라면, 또한 그 섬들이 저 시간들 그러니까 저 빌딩들에 대한 지극히 낭만적인 대체물임을 알 수 있을 것이다. 빌딩들을 감히 섬들로 착각하려고 하다니. "사람들 사이에"만 있는 섬들을, 사람 하나 없는 빌딩들로 만들려고 하다니. 그러나 그러한 상상적 욕망이, 그 불가능성에 대한 정직한 인정에도 불구하고, 아니 그 인정 속에서, 집요하게 자신의 새끼줄을 꼬아가지 않았다면, 어떻게 저 빌딩들이 그리도 웅숭깊게 요동할 수 있었겠는가. 권태에서 욱신거림으로, 견딤에서 작업으로 요리조리 왕복하는 그 요동을.

정과리 | 문학평론가

시인의 말

　내가 사는 동네에는 20여명 남짓 강어부가 산다. 범띠 동갑 노총각 어부와 늙은 벙어리 어부를 알고 있다. 그들은 새벽 5시에 강에 나갔다가 오전 11시쯤 돌아온다. 매일 새벽 강 가운데 안개계곡에 가서 무엇을 보고 듣고 오는지 항상 맑은 얼굴을 하고 있다. 아마도 고기는 안 잡고 새벽 안개로 세수만 하고 오는 것은 아닌지.

　살면서 마음이 어디까지 갔다왔는지 알 수 없다. 허상에서 실상으로, 실상에서 허상으로, 때로는 걷잡을 수 없는 몰락과 상승을 겪었다.

　자격이 된다면 딸과 안사람과 지인들과 함께 안개계곡에 세수 한번 하러 가야겠다.

2003년 늦가을 가루개에서

장대송

창비시선 231

섬들이 놀다

초판 발행/2003년 12월 5일

지은이/장대송
펴낸이/고세현
편집/고형렬 김정혜 문경미 안병률
펴낸곳/(주)창비
등록/1986년 8월 5일 제85호
주소/경기도 파주시 교하읍 문발리 파주출판도시 42블록 5
      우편번호 413-832
전화/031-955-3333
팩시밀리/영업 031-955-3399 · 편집 031-955-3400
홈페이지/www.changbi.com
전자우편/literat@changbi.com

ⓒ 장대송 2003
ISBN 89-364-2231-6 03810